AF369691

IMPRIMERIE J. CLAYE
PARIS

SUCCESSION

DE Mme DE CORMEILLE

DIAMANTS

BIJOUX

ARGENTERIE

TABLEAUX ANCIENS

MOBILIER

FOURRURES, DENTELLES

LIVRES

COMMISSAIRE-PRISEUR

Me CHARLES OUDART

CONDITIONS DE LA VENTE

Elle sera faite au comptant.

Les acquéreurs payeront *cinq centimes par franc,* en sus des enchères, applicables aux frais.

L'Exposition mettant les Adjudicataires à même de se rendre compte de l'état et de la nature des objets, il ne sera admis aucune réclamation une fois l'adjudication prononcée.

ORDRE DES VACATIONS

Mercredi 23. Livres, Tableaux, Bronzes *Louis XVI,* Garde-robe, Linge.
Jeudi 24. . . Diamants, Argenterie, Mobilier.

NOTICE

DES

DIAMANTS

BIJOUX
ARGENTERIE DE TABLE (30 kilog.)
TABLEAUX ANCIENS

MOBILIER

FOURRURES, DENTELLES
LIVRES

DONT LA VENTE AURA LIEU

Par suite du décès

DE Mme DE CORMEILLE

HOTEL DROUOT, SALLE N° 2

Les Mercredi 23 et Jeudi 24 Décembre 1874

A DEUX HEURES

COMMISSAIRE-PRISEUR

Me CHARLES OUDART

31, rue Le Peletier

EXPERTS

POUR LES DIAMANTS	POUR LES TABLEAUX	POUR LES LIVRES
M. L. BLOCHE	M. L. BARRE	M. A. AUBRY
19, boul. Montmartre	20, Chaussée-d'Antin.	18, rue Séguier

EXPOSITION PUBLIQUE
LE MARDI 22 DÉCEMBRE 1874, DE 1 HEURE 1/2 A 5 HEURES 1/2

DÉSIGNATION SOMMAIRE

DIAMANTS

BIJOUX

1. — Magnifique Parure *en brillants*, composée d'une broche, une paire de pendant d'oreilles, deux solitaires formant boutons et de trois broches à cheveux, modèle à fleurs et à feuillages.

2. — Bracelet chaîne, plaque et tirants *en brillants*.

3. — Bague rubis, entourage *en brillants*.

4. — Bracelet chaîne avec applique en émail bleu et *huit brillants*.

5. — Bracelet à maillons, or mat, médaillons en corail avec entourage en roses.

6. — Bague marquise, brillant oval au centre, entourage *en brillants*.

7. — Bague jonc, *cinq brillants*.

8. — Bracelet jarretière avec plaque en camée dur et demi-perles.

9. — Bracelet chaîne avec plaque en émail de Genève entourée de perles et de roses.

10. — Broche en émail de Genève. style gothique, enrichie de roses.

11. — Bague opale, entourage *en brillants*.

12. — Broche camée dur, entourage demi-perles.

13. — Chaîne natte en or mat pour lorgnon.

14. — Bracelet chaîne, tresse or mat, médaillon orné de rubis.

15. — Bracelet chaîne, boule or poli avec médaillons en lapis.

16. — Bracelet en or jaune et rouge.

17. — Collier à trois rangs, perles fines.

18. — Chaîne sautoir, or poli.

19. — Montre de dame à remontoir avec chiffre.

20. — Bracelet à maillons, or poli et émail bleu.

21. — Broche or avec plaque émaillée bleu, ornée de perles.

22. — Broche or et émail bleu, enrichie de perles.

23. — Bague avec *trois brillants*.

24. — Bague ornée d'une rose.

25. — Montre en or rouge.

26. — Montre en or, à secondes indépendantes.

27. — Broche mosaïque de Florence, monture en or.

28. — Broche cornaline incrustée et montée en or.

29. — Broche or et émail bleu.

30. — Broche coquille monture en or.

31. — Bracelet or, émail bleu et grenats.

32. — Montre en or, *de Lépine*, cuvette gravée.

33. — Bracelet et Boutons d'oreille en corail et or.

34. — Bracelet en grenats avec cadenas en or.

35. — Deux Chaînettes en or.

36. — Bague ornée *d'un brillant* entouré de turquoises.

37. — Deux Épingles jumelles, rubis et émeraudes, entourage
en roses.

38 à 40. — Trois Bagues diverses.

ARGENTERIE DE TABLE

(Environ 30 kilog.)

Vaisselle plate, Couverts de table et d'entremets, Réchauds,
Poêlons, Cafetières, Salières, Huilier, Sucriers, Sauciers,
Pot au lait, Cuillères à potage et à ragoût, Pièces à
hors-d'œuvres, Timbales, Couteaux, etc.

TABLEAUX ANCIENS

PAR ET D'APRÈS

Bilcoq, Langlois, Tocqué, Coypel, Bourguignon, Raoux, Gérard de Lairesse, Pingray, Susemebe, Murillo et des écoles belge et italienne.

MOBILIER

Meubles de salon, de chambres à coucher, de salle à manger,
et de cabinet de travail en palissandre, marqueterie de
Boule, bois de rose, acajou.

Piano droit d'Érard, en palissandre.

Meubles de fantaisie.

Siéges.

Bibliothèque acajou.

Caisse en fer, de Raoult.

Pendules *Louis XVI*, en bronze.

Lustres, Suspension, Appliques, Glaces, Rideaux, Tapis,
Chenets, Bronzes, Lampes, Belle Garniture de Cheminée,
style *Louis XVI*; Pendules en marbre, Flambeaux, Écrans,
Gravures, Objets d'étagère, Porcelaine, Verrerie, Plaqué,
Ustensiles de ménage et de cuisine, Objets divers.

———

GARDE-ROBE DE FEMME

Trois Cachemires de l'Inde, *belles Fourrures*, Dentelles noires et blanches, Robes, Jupes, Corsages, Paletots, Manteaux, Casaques, Crèpe de Chine. Jupons, etc.

LINGE DE CORPS ET DE MÉNAGE

LITERIE. OBJETS DIVERS

LIVRES

Environ 800 volumes reliés : Boileau, Voltaire, J.-J. Rousseau, Destouches, Molière, Lesage, Dulaure, Saint-Simon, Montesquieu, Duclos, Ducange, Sévigné, etc., etc.

PARIS. — J. CLAYE, IMPRIMEUR, 7, RUE SAINT-BENOIT. — [2118]

RED. :

21

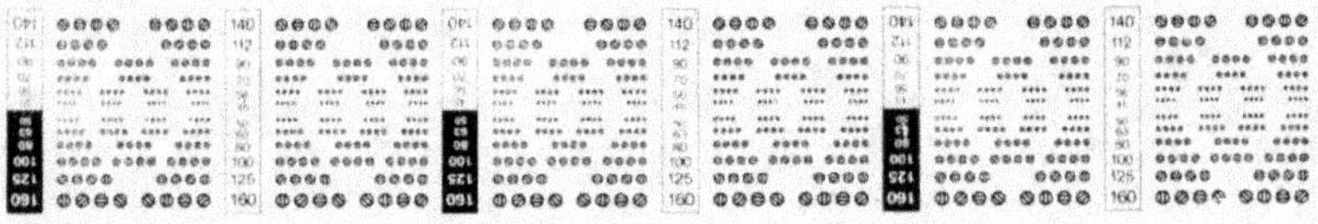

MIRE ISO N° 1
NF Z 43-007
AFNOR
Cedex 7 - 92080 PARIS-LA-DEFENSE

graphicom

0 1 2 3 4 5 6 7 8 9 10

BIBLIOTHEQUE
NATIONALE
DE FRANCE

****

CHATEAU
DE
SABLE
1995